LE SECRET DE VERCINGÉTORIX

www.editions.flammarion.com

87, quai Panhard et Levassor - 75647 Paris cedex 13
Dépôt légal : septembre 2005 – N° d'édition : 3063 – Imprimé en France par IME.
ISBN : 2-08163063-X – Loi n°49-956 du 16 juillet 1949 sur les publications destinées à la jeunesse.

Alain Surget

Fabrice Parme

LE SECRET DE VERCINGÉTORIX

CASTOR POCHE

CHAPITRE 1

VERCIN... QUI ?

À ROME, EN 48 AVANT J.-C.

Cléo, Antinoüs et Iméni remontent la place du Forum en direction du Capitole, quand un mouvement de foule se dessine devant eux. Des hommes, des femmes, des enfants se pressent vers un édifice situé devant un grand escalier bâti à flanc de colline.

— Qu'est-ce qui se passe ? s'étonne Iméni. À les entendre, ils courent au spectacle.

— Suivons-les, propose Cléo, c'est peut-être amusant.

Un attroupement barre la rue, empêchant de voir au-delà. Les trois amis se faufilent, donnent des coups de coude, marchent sur les pieds... jusqu'à ce qu'ils parviennent au premier rang. Des soldats bloquent la foule, permettant à un étrange cortège d'approcher. Encadrés par des gardes en armes, chargés de chaînes, trois hommes avancent péniblement, livrés à la colère du peuple qui se met à les huer et à les menacer du poing.

—C'est Baltus et ses complices*, dit Antinoüs. Leur procès est terminé.

Deux geôliers les attendent devant une grille. Ils empoignent les condamnés, puis les poussent le long d'un couloir étroit qui s'enfonce sous le niveau du sol.

—On les enferme avec Vercingétorix, indique un vieil homme qui semble connaître les lieux. Ils ne sont pas prêts de ressortir.

—Vercin... qui ? demande Iméni.

—C'est un chef gaulois vaincu par César, explique le bonhomme. Mon fils m'a tout raconté : il a participé à la bataille d'Alésia, un village fortifié dans lequel Vercingétorix s'était retranché avec ses guerriers. C'était il y a quatre ans.

—Comment César a-t-il pu le capturer si Vercigo... Vertingicérix...

—Vercingétorix ! corrige le vieux Romain.

* Voir *Qui a volé Jupiter ?*

— Oui… si le Gaulois a trouvé refuge derrière des remparts ? interroge Iméni comme la foule commence lentement à se disperser.

— César l'aura affamé, suppose Cléo.

— C'est tout à fait ça, confirme le vieillard. Si vous avez le temps, je vais vous détailler toute l'histoire. Asseyons-nous sur ces marches, dit-il en montrant l'escalier adossé à la colline. Installez-vous et ouvrez toutes grandes vos oreilles !

Pendant ce temps, dans la maison que César a donnée à Cléopâtre, sur la colline du Janicule, la reine renvoie pour la quatrième fois depuis le matin des commerçants venus lui présenter des étoffes de Babylone, des poteries de Grèce et des bijoux provenant des Goths, un peuple de Germanie.

— Rien de tout cela ne m'intéresse, soupire-t-elle avec un geste de lassitude. J'aspire à retrouver Alexandrie, le Nil, les pyramides...

Un nouvel arrivant pénètre dans le vestibule, s'attirant un plus grand empressement de la part des serviteurs.

— Qui est-ce ? gronde la reine.

— C'est César, annonce Charmion, l'une de ses deux servantes égyptiennes.

L'imperator traverse l'atrium et vient se planter devant Cléopâtre.

— Je pars demain pour la Gaule, l'avertit-il. Je vais inspecter mes légions établies au bord du Rhône, et j'ai l'intention de fonder une ville en face du village gaulois de Condate.

— Tu pars ? s'étrangle Cléopâtre en se redressant. Et moi ? Tu m'oublies ici ?

— Tu es à Rome, la plus grande ville du monde… avec Alexandrie, ajoute-t-il en souriant. Tu as tes servantes, tes danseuses, tes musiciennes, ton cuisinier… Tu n'as qu'à claquer des doigts pour être obéie ! Moi, je vais partager pendant quelques jours la vie rude de mes soldats, dans un camp fortifié entouré de sombres et mystérieuses forêts.

Cléopâtre se lève d'un bond.

— Qu'y a-t-il de plus dangereux que les rues de Rome ? s'exclame-t-elle. Les complots fleurissent à chaque lever de soleil. Rome m'étouffe ! Rome me fait peur ! Rome ne m'aime pas ! Et je ne l'aime pas non plus !… Et tu voudrais m'y laisser seule ?

— Tu n'es pas seule. Tu as…

— Oui, je sais : des joueuses de flûtes, des porteurs de plats… !

— Il y a les enfants, poursuit César en la regardant marcher le long des colonnes.

— Les enfants ! Les enfants ! répète la reine en pivotant sur elle-même. Ils ne restent pas une minute en place, ces trois-là ! À croire que le sol leur brûle les pieds ! Au fait, il faudra les emmener avec nous, bien entendu. Je te rappelle que je suis responsable d'eux.

César se raidit comme s'il avait reçu un jet d'eau froide.

— Comment ? Avec... nous ?

Cléopâtre frappe dans ses mains, rameutant servantes et serviteurs autour d'elle.

— Nous partons demain ! lance-t-elle. Rangez dans les coffres les vêtements, les onguents, les parfums, les perruques, les draps, la vaisselle d'or, les brosses, les peignes, les instruments de musique, les danseuses, le chat, les... !

— Ah non, le chat est à moi ! se rebiffe César.

— Emportez aussi les affaires des enfants et les os de Fenk ! achève Cléopâtre sur une virevolte.

Elle croise à ce moment le regard contrarié du Romain.

— Quoi ? J'ai oublié quelque chose ?

— Moi ! fait César. Je ne vais plus trouver de place sur le bateau.

CHAPITRE 2

L'INCONNU DE MASSALIA

Installée à l'arrière du navire, Cléo regarde disparaître Ostie, le port de Rome. Bientôt la côte n'est plus qu'un trait posé sur l'eau. Alors elle rejoint Antinoüs et Iméni à la proue du bateau. L'instant d'après, trempée par les embruns, elle suit avec ravissement les bonds d'un groupe de dauphins.

— Tu vois, glisse Antinoüs à l'oreille d'Iméni, notre Cléo a retrouvé le sourire. Je suis sûr qu'elle a déjà oublié Marc Antoine.

— Par contre, Cléopâtre a perdu le sien. Tu penses, César l'a obligée à abandonner la majeure partie de ses affaires à Rome.

— Elle a raison de bouder dans sa cabine, intervient la fillette qui a tout entendu. Priver la reine de ses robes de cérémonie, c'est comme… c'est comme si on vous privait de moi !

— Ce serait terrible ! reconnaît le jeune Grec tandis qu'Iméni pouffe dans sa main.

Cléo leur décoche un regard de biais, puis elle hausse les épaules.

— Viens Fenk, dit-elle en se baissant pour attraper le fennec, laissons ces deux-là à leur balourdise.

Des jours plus tard, le navire fait halte dans le port de Massalia, à l'embouchure du Rhône, en Gaule Narbonnaise.

— Nous allons transborder tout notre chargement sur un bateau à fond plat, prévient César, car nous allons remonter le fleuve jusqu'à Condate.

— Tout notre chargement ? le reprend Cléopâtre. Mais il n'y a rien à transborder ! Tout est resté à Rome !

Comme César distribue ses ordres sans répondre, elle ajoute :

— J'espère au moins que tu nous feras visiter la ville avant de repartir.

— Je ne suis pas en voyage d'agrément, lui rappelle l'imperator. Et mon escorte est insuffisante pour assurer notre sécurité.

— Moi qui voulais aller promener Fenk! se désole Cléo debout à côté de la reine.

— Allez le faire courir sur le quai, autorise Cléopâtre, mais ne vous éloignez pas! Nous sommes ici en terre inconnue.

Une file de porteurs franchit la passerelle, se charge des quelques coffres, puis longe le quai et les entasse sur un navire à rames amarré tout près. Un grand Gaulois barbu s'approche alors de l'un des hommes et demande:

— Qui a réservé ce bateau pour lui seul? Ce doit être un grand personnage pour que vous vous empressiez tous à le servir.

— C'est Jules César, répond le porteur. Et la jeune femme qui l'accompagne, c'est Cléopâtre, la reine d'Égypte.

— César? s'étrangle l'autre, comme si le mot lui

retombait dans la gorge. César est ici ?

— Il repart pour Condate. Nous allons nous briser les bras à remonter le courant, avec le maître vent qui souffle dans la vallée du Rhône.

L'inconnu pose son regard sur le navire romain. « C'est inespéré, pense-t-il. C'est une occasion à ne pas manquer. » Il se recule pour laisser passer deux hommes portant un coffre, et marche sur quelque chose. Il entend un « Kaï ! », puis deux rangées de crocs se plantent dans sa cheville.

— Ahi ! Ahi ! crie-t-il en découvrant le fennec qui grogne en assurant sa prise.

Il secoue sa jambe, mais Fenk ne le lâche pas.

— C'est à vous cette bestiole ? lance-t-il aux trois enfants qui accourent.

Antinoüs s'empresse de récupérer son animal.

— Une chance pour elle que mes braies aient atténué la morsure, grogne le barbu, sinon je l'assommais.

— C'est vous qui lui avez marché sur la patte ! rétorque Cléo. Fenk n'a fait que se défendre.

L'homme hausse les épaules et se frotte la cheville. Iméni se penche vers son ami, et le questionne à voix basse :

— C'est quoi des braies ?

— Sans doute son pantalon, répond Antinoüs.

— Ils ont une drôle de mode ici, murmure Cléo, avec leurs braies à rayures et leurs manteaux à carreaux de différentes couleurs.

— Je vous ai vus descendre du navire de César, reprend l'homme. Vous n'êtes quand même pas ses enfants !

— Nooonnn, laisse traîner Iméni sur le ton de l'évidence.

— Eux non, mais moi si ! s'exclame Cléo. Je suis la fille de César et de Cléopâtre ! Une authentique princesse ! ponctue-t-elle en tournant sur elle-même pour se faire admirer. César et la reine se connaissent depuis plus longtemps qu'on ne le pense, ajoute-t-elle.

Les garçons lèvent les yeux au ciel. « Allons bon, se dit Antinoüs, la voilà qui recommence à se prendre pour une déesse ! »

Le Gaulois sourit dans sa barbe et s'éloigne.

« La fille de César, rumine-t-il. Tiens, tiens, tiens… »

CHAPITRE 3

AU FIL DU RHÔNE

Le bateau à rames emportant Cléopâtre, César et les enfants sort du port de Massalia. Un cavalier quitte la ville au même moment. Il suit la côte, ne perdant jamais l'embarcation de vue. Vers le soir, il rejoint le Rhône à travers un paysage de marécages, se faufilant derrière les roseaux, les saules et les pins. Il longe un petit canal, se tenant derrière un écran de végétation, et retrouve l'embarcation de César qu'il ne lâche plus.

— On se croirait sur le Nil, remarque Cléo. Il ne manque que les papyrus et les crocodiles.

— Il y a peut-être d'autres bêtes encore plus dangereuses, frissonne Iméni.

Quand le chef des rameurs décide de s'installer pour la nuit sur un îlot désolé, recouvert uniquement de cailloux et de sable, Iméni se joint aux soldats postés en sentinelles.

— Nous ne risquons rien, le rassure Antinoüs venu le rechercher pour le ramener auprès du feu.

— La forêt n'arrête pas de craquer, fait remarquer le jeune Égyptien. On dirait que les arbres se parlent.

— Et alors ? Tu crains qu'ils ne préparent une attaque contre nous ?

— Je sens une présence dangereuse. Je ne sais pas si elle surgira de l'eau, du sol, des arbres ou de l'air, mais elle est là, qui nous guette.

— Je sens aussi quelque chose, confirme Cléo. Mais c'est peut-être tout simplement le dieu du Vent.

— Les soldats veillent, César est là, rappelle Antinoüs. Le ciel ne va pas nous tomber sur la tête.

— Mmm… fait Iméni.

— Mmm… fait Cléo. Jusqu'à présent, c'est nous qui avons sauvé César, et pas le contraire.

Antinoüs pousse un profond soupir.

— C'est l'histoire que nous a racontée ce vieux Romain, devant la prison, qui vous trouble l'esprit.

Le rire de Cléopâtre éclate sous les étoiles.

— Ni César, ni la reine, ni les soldats ne manifestent la moindre inquiétude, poursuit Antinoüs. Pour la première fois, nous allons faire un voyage sans encombre.

« Tu vas être déçu, mon garçon, corrige une silhouette fondue parmi les troncs. Je ne vous laisserai pas m'échapper. »

Le lendemain, et les jours suivants, les hommes s'arc-boutent sur les rames pour faire avancer le bateau contre le courant et contre un maître vent qui souffle si fort qu'il paraît vouloir passer sous l'embarcation pour la soulever. Pourtant, jour après jour, l'embarcation se rapproche de Condate à travers une succession de gorges étroites et de

bassins ouverts... Mais l'inquiétude règne à bord : les occupants ont enfin remarqué le cavalier qui les a pris en chasse et qui ne se cache plus. Il apparaît à l'aube, les talonne toute la journée, disparaît le soir pour resurgir le matin suivant.

— Qui peut-il bien être, et qu'est-ce qu'il nous veut ? s'interroge Cléo en le voyant à nouveau se découper sur la berge.

— Je savais bien qu'on allait avoir des ennuis, gémit Iméni.

— César ne le montre pas, mais je suis sûr que cette présence le rend soucieux, lui aussi, suppose Antinoüs.

— Eh bien, les enfants, je vous trouve la mine bien grave ! chante une voix derrière eux.

Ils se retournent. Cléopâtre !

— Vous croyez que ce cavalier représente une menace ? demande Iméni.

— Je ne sais pas, répond la reine, mais il y a bien plus grave.

— Ah bon ? fait Cléo en ouvrant de grands yeux.

— Je vais débarquer comme une pauvresse : sans fanfare, sans danseuses et sans ma grande litière en or… Les gens de Condate ne sauront même pas qu'une reine descend parmi eux.

— Mes légionnaires te fêteront comme il se doit, promet César.

— J'imagine la scène… grommelle Cléopâtre. Plantés en rangs d'oignons, les pieds dans la boue, ils martèleront trois fois leur glaive contre leur bouclier, puis ils se raidiront comme s'ils avaient avalé leur pilum*.

— Par Jupiter ! tonne César. Tu ne voudrais quand même pas que je leur attache des clochettes aux oreilles et que je les fasse danser !

— Pourquoi pas ? rit Cléopâtre.

* Javelot des Romains.

L'imperator se drape dans son manteau rouge et va rejoindre l'officier de son escorte, à la proue du bateau. Sur la berge, là-bas, l'inconnu vient de pénétrer dans la forêt, décidé à suivre l'embarcation jusqu'au bout.

— Nous sommes arrivés ! annonce le chef des rameurs un peu plus tard. Condate est adossé à la colline rousse.

De sombres forêts nappées de brume recouvrent les collines et étouffent le village et le camp romain établi à proximité.

— Ces forêts sont encore plus terrifiantes que celles des marécages, relève Iméni, un frisson dans la voix.

— C'est vrai, appuie Cléo, impressionnée par la hauteur des arbres. Elles n'ont pas de fin, et il doit faire aussi noir à l'intérieur que dans la gueule de Seth*.

Cette fois, Antinoüs ne trouve rien à répondre. Il ressent lui aussi un profond malaise à glisser entre les rives comme dans un étau, avec la crainte que les massifs ne se referment sur eux pour les écraser.

* Dieu égyptien qui symbolise la bravoure mais aussi la violence.

CHAPITRE 4

LE CAMP DE CONDATE

Cléopâtre n'a même pas droit au crépitement des lames frappant les boucliers. Averti trop tard par ses sentinelles, c'est un tribun militaire stupéfait qui accourt en toute hâte à la rencontre de César et de la reine pendant que ses officiers, les centurions, font sonner les trompes à travers les quartiers. Les légionnaires se ruent hors de leurs tentes et n'ont que le temps de se ranger par colonnes avant que l'imperator ne franchisse le fossé et la palissade qui entourent le camp.

— Tes guetteurs n'ont donc pas vu notre bateau, Plancus ? grogne César.

— Ils l'auront pris pour une barge de commerce. Je ferai bastonner un homme sur dix, décrète le tribun. Les autres auront de l'orge au lieu de blé pour leur nourriture, et ils iront dormir à l'extérieur, sans protection… Je vous cède ma tente, ajoute-t-il en s'inclinant devant Cléopâtre. J'occuperai celle d'un centurion.

— Moi aussi, souligne César.

— Et nous ? formule Cléo à mi-voix. Nous dormons avec les chevaux ?

— Les garçons partageront également la tente d'un officier, reprend le tribun Plancus qui a entendu l'observation de la fillette. Quant à la jeune sœur de la reine…

Cléo se rengorge, ravie que l'homme la prenne pour une princesse.

— Bien qu'elle n'ait aucun lien avec la famille royale, je la garde avec moi, déclare Cléopâtre. Elle dormira entre mes deux servantes.

Plancus jette un œil goguenard sur la gamine, qui se dégonfle d'un coup.

— Ah, ce sont vos esclaves, comprend-il. Dans ce cas, je vais loger ces deux-là au milieu de mes soldats.

— Non, le retient César qui s'amuse de l'air affolé d'Antinoüs et d'Iméni. Ils ont droit à un peu de confort. À eux trois, ils sont capables de déjouer le plan d'un ennemi. Ce sont des gardes du corps très spéciaux.

Laissant la reine s'installer, César parle à Plancus de l'étrange cavalier qui les a suivis tout au long de la vallée du Rhône.

— Un commerçant, présume le tribun.

— Certainement pas ! Il ne transportait rien.

— Un messager, alors.

— Possible, admet César. J'aimerais savoir s'il s'est arrêté à Condate, et pour quelle raison il nous suivait.

— Je vais envoyer deux légionnaires au village. Si ton inconnu est à l'auberge, ils le trouveront. Dans le cas contraire, deux patrouilles partiront dès l'aube. L'une suivra la voie du Rhin, en amont du fleuve, l'autre se dirigera vers l'Aquitaine, à l'ouest. À présent je vous invite tous les cinq à partager notre repas : une bouillie de céréales, des fruits, du fromage et du pain. Un vrai régal !

Le lendemain, à l'aube, une trompette aigrelette

sonne le réveil du camp. L'air se remplit d'appels, du bruit métallique des cuirasses, d'une cavalcade, du hennissement des chevaux, des jappements de Fenk qui s'en donne à cœur joie : il n'a jamais vu autant de jambes s'agiter au même moment et au même endroit, et il perd un peu la tête à courir derrière chaque cheville.

Cléo est étendue sur sa paillasse, les yeux ouverts, fatiguée d'avoir si mal dormi. Contrairement à ses habitudes, la reine est déjà levée. Assise sur un siège en cuir, elle se fait maquiller et coiffer par ses deux fidèles servantes, mais la fillette remarque qu'elle est de fort méchante humeur. Quelqu'un demande tout à coup à entrer. Cléopâtre acquiesce. La toile s'écarte. Un sous-officier et un soldat se présentent avec un plateau, et saluent la souveraine.

— Ça sent le linge bouilli ! ronchonne Cléopâtre.

— C'est une purée de céréales accompagnée de fruits, de fromage et de pain, indique le sous-officier pendant que le légionnaire va déposer les aliments sur une table basse.

La reine repousse ses servantes, s'empare du plateau et le jette à terre.

— Je suis la Pharaonne d'Égypte et on me sert un brouet tout juste bon pour les ânes ! Les prisonniers sont mieux traités dans mon pays. Où sont les pâtisseries, les viandes fines, les sucreries au miel ? Où est le lait d'ânesse pour mon teint !

— C'est un camp militaire, ici, rappelle le sous-officier en reculant vers la sortie.

— Et alors ? Je n'en demeure pas moins une reine ! Où est César ?

— Avec le tribun. Il...

— Va le chercher ! Et toi, disparais de ma vue ! lance-t-elle au soldat occupé à ramasser les plats et les coupes.

Une pomme a roulé près de Cléo. Elle la saisit, y mord, et trouve savoureux ce goût nouveau.

— Verse-toi cette cruche d'eau sur la tête, lui conseille Iras, l'une des servantes. Tu as l'air de sortir de l'antre d'un fauve.

— C'est tout comme ! confirme la gamine. Tu as ronflé comme une lionne toute la nuit.

César apparaît peu après dans l'entrée, revêtu de sa belle cuirasse d'imperator.

— Que se passe-t-il? demande-t-il à Cléopâtre. J'ai peu de temps à te consacrer ce matin. Je dois passer mes troupes en revue.

— L'inspection commence ici même! assène la reine. Un lit, une table, un siège et une paillasse pour mes servantes, c'est tout ce que tu as à m'offrir? Je suis sûre que les chevaux sont mieux lotis. Et qu'est-ce que c'est que ces trompettes si matinales? Tu crains une attaque des Gaulois?

— Je…

— Si tu désires que je reste dans ce camp, plus de sonneries, plus de roulements de tambours, plus de cliquetis d'armes avant midi!

— Mais…

— Si tes hommes doivent se déplacer, qu'ils le fassent en silence, sur la pointe des pieds! Et non pas en martelant le sol avec leurs caliges* à gros clous!

— Tu ne…

— Et si tu veux vraiment m'être agréable, envoie donc tes légionnaires à la chasse, ou récolter des

* Chaussures des Romains.

baies dans la forêt ! Ils se rendront plus utiles qu'à rester plantés comme des piquets sous le soleil !

— Ils...

— Il y a des artisans dans ta légion. Ordonne-leur de confectionner un mobilier qui sied à une reine ! À dormir sur ces lits de camp, tes hommes doivent être tout tordus sous leur armure, et je ne veux pas finir comme eux !

— Si tu...

Vlouf ! La reine a rabattu la tenture devant elle, laissant César sur le seuil de la tente.

— Je t'avais prévenue que nous allions vivre à la dure ! se défend-il.

La toile s'ouvre à nouveau, mais c'est Cléo qui sort. César se tourne alors vers ses légionnaires rangés en bon ordre derrière les centurions, le bouclier et le pilum à la main.

— Mes hommes vont défiler, dit César à la fillette. Tes amis et toi, n'allez pas vous mettre dans leurs jambes !

— Ce n'est pas marrant de vivre au milieu de l'armée, répond Cléo. On dort mal, on mange mal, et on ne peut pas courir où on veut.

Cléo se dirige vers la tente des deux garçons alors que César rejoint le tribun qui l'attend près de l'autel de Jupiter. Antinoüs et Iméni ont l'air aussi épuisés qu'elle.

— Ces Romains ronflent comme des ours, se plaint Iméni. À peine debout, ils soufflent dans leurs trompes, et on dirait que l'air résonne de barrissements d'éléphants en colère.

— Nous sommes tombés dans une drôle de ménagerie, reconnaît Cléo. Où est Fenk ?

— Il doit courir par là, signale Antinoüs, très évasif. Il s'est éclipsé avec l'officier, tôt ce matin. Allons voir la parade à côté de César !

Une sonnerie de cor éclate brusquement. Les légionnaires s'ébranlent au pas cadencé. Soudain un bouclier en heurte un autre, un casque tombe, des armes s'entrechoquent, un homme pousse un cri. Puis un remous creuse l'arrière des rangs.

— Qu'est-ce qui se passe ? s'étonne Iméni. On dirait que quelqu'un est tombé en marchant sur les lanières de sa chaussure et qu'il a entraîné tout un groupe dans sa chute.

— C'est un peu ça, comprend Cléo. Sauf que la lanière doit s'appeler Fenk !

César a compris, lui aussi. Il fait arrêter la manœuvre, pose un regard furieux sur les enfants.

Sans un mot, il tend le bras vers ses troupes, montrant le remue-ménage qui gagne plusieurs rangs. Antinoüs, Cléo et Iméni se précipitent vers les soldats avant que l'un d'eux n'ait la mauvaise idée d'assommer la petite bête. Ils plongent entre les hommes, découvrent le fennec accroché à une calige qu'il refuse de lâcher.

— Retirez votre chaussure, conseille Antinoüs au Romain. Nous vous la rendrons dès que possible.

C'est la tête basse et le fennec dans les bras que les trois amis regagnent la tente de Cléopâtre. L'imperator arrive derrière eux, rouge de colère.

— C'en est trop ! clame-t-il en pénétrant sous la tente. Vous irez tous loger à Condate ! Le chef du village tient une auberge. Plancus m'a affirmé que personne n'y résidait actuellement. Le tenancier sera enchanté de la mettre à votre disposition.

Les enfants se regardent, la mine réjouie. Iméni a très envie d'embrasser Fenk.

— Et le mystérieux cavalier ? Où est-il ? s'enquiert la reine.

— Il a disparu. Vous serez seuls dans l'auberge avec l'escorte que je vais vous fournir.

— Et toi, Jules, tu restes ici ?

— Ma place est au milieu de ma légion. Mais je viendrai te voir régulièrement. Ce n'est que l'affaire de quelques jours, après quoi nous retournerons à Rome.

— Nous partons ! lance la reine à ses servantes. Vu le peu qu'il y a à ranger dans les coffres, je suis déjà prête, ajoute-t-elle à l'intention de César.

L'imperator sent alors une présence derrière lui. Il se retourne. Un légionnaire se dandine sur un pied, mal à l'aise. César fronce les sourcils.

— Que veux-tu, toi ? Tu devrais être dans le rang, avec les autres.

— J'attends ma calige. La bestiole l'a-t-elle enfin lâchée ?

CHAPITRE 5

« AU SANGLIER GRAS »

— Aaahhh ! fait Cléo en se jetant sur son lit et en s'étirant. J'ai une chambre à moi toute seule !

L'auberge *Au sanglier gras* est accueillante. Le patron et sa femme se sont pliés en quatre pour être agréables à la reine et à César qui l'a accompagnée. Debout à la fenêtre de la chambre de Cléopâtre, César observe la Saône qui conflue avec le Rhône devant l'île d'Ainay.

— Cette île me semble parfaite pour l'établissement d'un port de commerce, dit-il. Elle est assez grande pour supporter aussi la construction d'une ville.

— Je verrais bien des ateliers le long de cette colline, complète la reine en montrant le plateau de l'autre côté de la rivière.

— Les Gaulois l'appellent le Lugu-dunon, du nom d'un de leurs dieux. C'est une colline sacrée. Sa forêt doit être le théâtre de nombreuses cérémonies étranges.

Un bruit de course éclate dans l'escalier, ponctué par un cri, les glapissements de Fenk et le rire des deux garçons.

— Ça y est, soupire César, le fennec s'est trouvé une autre paire de chevilles. Je viendrai te chercher ce soir, Plancus nous organise un repas à la façon gauloise.

— En attendant, j'ai envie de visiter ce hameau. Cela va me changer de Rome ou d'Alexandrie.

Le changement est de taille, en effet. À Condate, point de forum, de cirque, d'avenues… Les rues sont juste assez larges pour permettre le passage d'un chariot. Les maisons se pressent sans ordre, les unes contre les autres, autour d'un petit sanctuaire consacré à la déesse des Eaux. Marchant en tête, Cléo recueille sur elle les regards surpris des habitants.

— Pas un ne s'incline à notre passage, remarque-t-elle, un peu déçue.

— C'est normal, répond Antinoüs, Cléopâtre n'est pas leur reine, et je ne suis pas sûr qu'ils sachent qui elle est.

— Il faut le leur dire, suggère Iméni.

— Non, intervient le sous-officier qui les suit, la reine n'y tient pas.

— C'est sûr ! souligne la fillette. Sans ses trois cents danseuses et musiciennes, ses sonneurs de trompes et sa litière en or, personne ne croira qu'elle est Pharaonne.

Une double surprise les attend à leur retour au *Sanglier gras* : un ragoût de sanglier aux baies rouges, et une blondinette d'une dizaine d'années, du nom de Sirona, que l'aubergiste attache au service de Cléo. La fillette a tout de suite envie de se faire d'elle une amie, et elle entraîne Sirona à l'étage pour lui montrer sa chambre.

— C'est un honneur de partager le logis de la fille de César et de Cléopâtre, entend Antinoüs comme les deux filles entrent dans la pièce.

« Tiens ? s'étonne-t-il. Pourquoi Sirona dit-elle cela ? L'imagine-t-elle ou le lui a-t-on raconté ? En

tout cas, ce n'est pas Cléo qui va la démentir. »

Un peu plus tard, au cours du repas, Cléo fait asseoir Sirona à côté d'elle.

— Ce n'est pas la place d'une servante, grogne le patron, sans insister quand la jeune Égyptienne presse sa nouvelle amie de puiser dans le plat.

— D'où viens-tu ? l'interroge Cléopâtre. Ton accent est légèrement différent de celui des gens d'ici.

— Je suis originaire du pays des Trévires, dans le Nord-Est, annonce Sirona. Mais depuis la mort de mes parents, je vis chez mon oncle, à Condate.

— Et que fait-il, ton oncle ?

— Il est potier.

— C'est lui qui t'a envoyée au *Sanglier gras* ? demande Antinoüs.

— Non. J'ai voulu voir de près la reine d'Égypte. Alorix m'a proposé de servir dans sa maison le temps que vous y serez.

— Alorix, c'est l'aubergiste ?

La petite Gauloise hoche la tête. Antinoüs ne la quitte pas des yeux pendant qu'elle mange. « J'ai l'impression que tu nous mens, songe-t-il. Ton oncle est sans doute potier à Condate, c'est très facile à vérifier, mais c'est la raison qui t'amène parmi nous qui m'intrigue. Et le personnel de cette auberge n'a vraiment pas l'air de te considérer comme une servante. Qui es-tu, Sirona ? Que nous veux-tu ? »

À ce moment Sirona lève la tête et plonge son regard dans celui d'Antinoüs. Le garçon en ressent une brûlure qui lui descend dans la poitrine, avec l'étrange sensation que la fillette le fouille jusqu'au fond du cœur.

CHAPITRE 6

ESCAPADE NOCTURNE

Assis sur le seuil de l'auberge, Iméni et Antinoüs assistent au coucher du soleil. Avec les reflets sur l'eau, la Saône semble être devenue une rivière charriant des flots d'or.

— Depuis deux jours que Sirona est arrivée, Cléo se désintéresse de nous, se désole Iméni. Je m'ennuie sans elle.

— Moi aussi, reconnaît Antinoüs. Les filles ont pris l'habitude de rester entre elles.

— Cléopâtre est à nouveau au camp romain, ce soir, avec ses deux servantes, et il n'y a plus qu'un soldat pour assurer notre sécurité.

— Tu as peur de quoi ?

— De rien, répond Iméni. Cléo me manque, c'est tout.

— Je sens là un gros soupir amoureux, le taquine Antinoüs.

Le petit Égyptien voudrait répliquer, mais les mots ne sortent pas. Il baisse la tête, se contente de rougir, et donne une caresse à Fenk couché entre ses pieds.

Il s'installe un léger silence. Puis Iméni reprend :

— N'empêche, je serais curieux de savoir de quoi elles parlent, là-haut…

Là-haut, appuyées au rebord de la fenêtre, Cléo et Sirona regardent la nuit enténébrer la colline, de l'autre côté de la rivière.

— Ces forêts m'effraient un peu, avoue Cléo. En Égypte, elles ne poussent que dans le Delta et le long du Nil. Ici, elles couvrent toute l'étendue du pays.

— C'est le Lugu-dunon, dit Sirona.

— Quoi donc ?

— Le nom de la colline, en face de nous. Ça signifie la forteresse de Lug.

— Il y a une citadelle là-bas ? s'étonne Cléo.

— Le plateau et la forêt sont eux-mêmes le sanctuaire du dieu. Lug est la Lumière, mais il possède aussi de redoutables pouvoirs guerriers.

Cléo tend le bras hors de la fenêtre.

— Un dieu habite tout près, et je peux presque le toucher… Ça fait longtemps que tu n'as plus tes parents ?

— Mon père a été tué il y a quatre ans, au cours d'une chasse au sanglier. Ma mère est alors venue à Condate, dans la famille de son frère, et elle est morte l'an dernier d'une vilaine maladie qui s'appelle le chagrin.

Sa voix est tellement chargée de tristesse que Cléo éprouve une grande compassion pour elle. La jeune Égyptienne ne peut s'empêcher de penser à ses propres parents, à son père mort d'une manière identique, lors d'une chasse au lion, à sa mère dont elle n'a plus de nouvelles depuis si longtemps… Elle a envie, brusquement, de tout confesser à Sirona : qu'elle n'est pas la fille de César et de Cléopâtre, que ses vrais parents sont des ombres, qu'elle servait dans une maison de bière avant de rencontrer Iméni et Antinoüs… mais elle se tait. Elle ne veut pas décevoir Sirona. Alors elle passe son bras autour des épaules de la jeune Gauloise, et la serre très fort contre elle.

— Tu tiens de ton père ou de ta mère ? demande Sirona d'une voix légèrement voilée.

La question est embarrassante. Cléo ne sait que répondre.

— Oublie ça, se reprend Sirona, c'est idiot.

Elle détache le collier qu'elle porte autour du cou.

— Pour toi ! dit-elle en le fourrant dans la main de son amie.

— Pour moi ? Mais… C'est joli.

— Les perles sont en pâte de verre.

Ne voulant être en reste, Cléo étale ses objets de toilette sur le lit.

— Choisis ce qui te fait plaisir !

Sirona n'hésite pas. Elle jette son dévolu sur un petit miroir au manche en forme de femme, et le fait scintiller dans la lumière des lampes à huile.

— Tu crois que les garçons sont encore dehors ?

— Certainement. Ils n'iront pas se coucher tant

qu'ils verront ma chambre éclairée. Et le garde de même.

— Alors éteignons ! Lorsqu'ils seront montés, nous pourrons sortir.

— Pour aller où ? s'étonne Cléo.

— Je veux te montrer Condate comme tu ne l'as jamais vu. De l'autre côté de la rivière.

— En pleine nuit ?

— La lune est ronde et blanche, et le ciel sans nuage. Les forêts deviennent bleues sous son reflet, la Saône un serpent d'argent, et le village prend l'aspect d'une tête de chat.

— On pourrait emmener les garçons avec nous.

— Et pourquoi pas toute la légion ? Je me doute que tes parents ne te laissent pas aller où tu veux toute seule : c'est le lot des princesses. Mais je te promets qu'une nuit comme celle-là, tu ne l'oublieras jamais.

Cléo sourit. Combien de fois n'a-t-elle pas goûté ce frémissement, ce plaisir doublé d'une légère crainte, lorsqu'elle escaladait le mur d'enceinte du palais pour aller retrouver ses amis dans le port d'Alexandrie !

— D'accord ! accepte-t-elle.

Et elle étouffe, l'une après l'autre, les petites flammes qui pointent du bec des lampes. L'oreille collée contre la porte, les deux fillettes entendent peu après des pas dans l'escalier, et une porte qui se referme. Elles patientent encore un moment, puis elles se hasardent hors de la chambre, descendent les marches, leurs sandales à la main, traversent la salle, ouvrent la porte et s'engagent dans la rue.

— Nous ne serons pas longues, chuchote Sirona. Si Cléopâtre rentre entre-temps et referme derrière elle, nous pourrons toujours aller dormir dans l'écurie.

Des barques de pêche reposent sur la grève, la quille en l'air, pareilles à de gros dauphins échoués sur la rive. Les gamines choisissent la plus petite, la retournent, la poussent à l'eau et y grimpent. Elles glissent un instant dans la clarté lunaire, à coups de rames, puis se fondent dans l'obscurité de la berge opposée, avalées par la masse gigantesque du Lugu-dunon.

CHAPITRE 7

DISPARITIONS

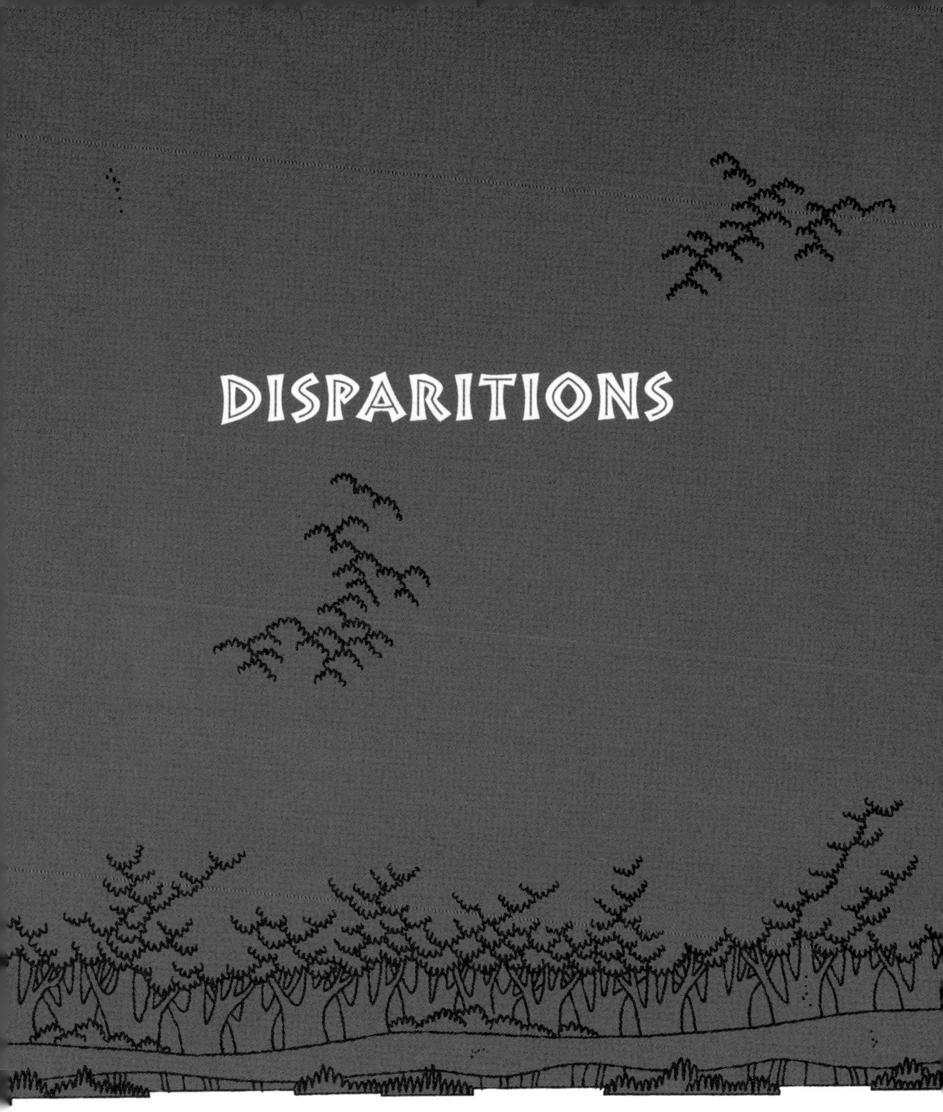

Tôt le matin, le lendemain, Fenk est le premier à remuer à l'étage, dans la chambre des garçons. Iras, l'une des servantes de la reine, vient lui ouvrir, mais, curieusement, au lieu de se précipiter dans l'escalier pour sortir, il se campe devant la porte de Cléo et se met à couiner.

— Tais-toi ! lui ordonne Iras à voix basse. Tout le monde dort encore.

Comme l'animal insiste, elle l'attrape, descend l'escalier et le dépose sur le seuil de l'auberge. C'est à ce moment qu'elle se rend compte que l'endroit est bien silencieux. D'habitude, à cette heure, le patron, sa femme et leur servante s'activent déjà dans la cuisine, et il s'en dégage une bonne odeur de pain chaud.

— On dirait qu'il n'y a personne, fait-elle observer à Charmion, la deuxième servante de Cléopâtre.

— Ils auront profité de notre absence pour fêter quelque chose, hier soir, et à présent ils ont le réveil lourd. Allons préparer nous-mêmes le petit déjeuner.

Un peu plus tard, les gardes s'installent dans la salle, mais les aubergistes ne se montrent toujours pas. Le sous-officier ordonne à l'un de ses hommes d'aller secouer les Gaulois dont la chambre donne sur l'arrière de la maison. Lorsqu'il revient, c'est pour annoncer que les propriétaires ont disparu.

— Tout porte à croire qu'ils ont quitté les lieux hier soir, signale-t-il, les lits ne sont pas défaits.

— C'est bizarre, grogne le sous-officier. J'ai bien envie d'aller avertir César.

— Attendez encore un peu, conseille Charmion. Ils sont peut-être chez un parent, et ils ne vont pas tarder à arriver.

À ce moment, Fenk passe en trombe, gravit les marches de l'escalier et commence à gratter à la porte des deux fillettes en poussant des petits cris. Iras se précipite derrière le fennec pour le faire déguerpir avant qu'il ne réveille la reine. Trop tard ! La voix furieuse de Cléopâtre résonne à l'étage.

— Entre les fanfares militaires et les glapissements de cette bête, existe-t-il un endroit où je puisse trouver le repos ?

Antinoüs et Iméni sortent de leur chambre, ébouriffés, les paupières gonflées de sommeil. Le jeune Grec saisit son fennec et tente de le calmer.

— Je ne comprends pas, il veut absolument entrer chez Cléo et Sirona.

— Va voir ! jette la reine à sa servante.

Iras ouvre la porte.

— Oh ! s'exclame-t-elle. Les petites ne sont plus là !

Cléopâtre fronce les sourcils.

— Elles seraient déjà sorties ?

— Elles n'ont pas dormi dans leur lit, cette nuit.

— Ce n'est pas la première fois que Cléo…

Antinoüs donne un coup de coude à Iméni pour qu'il se taise, mais la remarque n'a pas échappé à Cléopâtre.

— Sirona aura emmené Cléo chez son oncle, conclut-elle. Les garçons, vous irez la chercher quand vous serez prêts ! L'aubergiste vous indiquera où se trouve la maison.

— Justement, ajoute Iras, il a disparu lui aussi. Avec sa femme et sa servante.

La reine hausse les épaules.

— Disparu, répète-t-elle. En abandonnant son auberge et ses clients ? Tu racontes n'importe quoi, ma pauvre fille.

Pourtant, il devient bientôt évident que les propriétaires ont bel et bien déserté les lieux. Le bonhomme a emporté des vêtements et des victuailles, sa carriole n'est plus dans la remise, ni son cheval dans l'écurie. Le sous-officier dépêche alors un de ses légionnaires au camp de César, et il décide d'accompagner lui-même Antinoüs et Iméni dans leur quête de l'oncle de Sirona.

Le potier est connu à Condate, mais lorsque l'homme et les enfants se présentent devant sa maison, sur la rive de la Saône...

— Ils sont partis, lui, sa femme et ses enfants, annonce un vendeur d'huile dont la boutique avoisine l'atelier de poterie. Ils ont chargé armes et bagages dans leur chariot, et pfuit ! ils s'en sont allés au beau milieu de la nuit...

— Sirona et une fillette de son âge étaient-elles avec eux ?

— Non, certifie le marchand en secouant la tête.

— L'aubergiste et maintenant le potier, grogne le Romain. Leur départ ressemble étrangement à une fuite.

— Peut-être sont-ils retournés dans leur tribu d'origine, les Trévires.

— Les Trévires ? Mais ce sont des Arvernes ! corrige le vendeur d'huile, surpris par la réflexion d'Iméni. Avant de s'installer à Condate, ils habitaient à Gergovie.

— César va bloquer la région, assure le sous-officier. Nous aurons tôt fait de les rattraper.

— Pas s'ils se cachent, objecte le bonhomme. Les forêts sont si profondes que l'on pourrait y dissimuler…

— C'est Cléo qu'il faut retrouver ! panique le jeune Égyptien. À quoi ça sert de vouloir courir derrière ceux-là puisqu'elle n'est pas avec eux ?

— Cela permettrait de les interroger.

— Il n'y a peut-être aucun rapport entre…

— Sirona a menti ! assène Antinoüs, coupant son ami. Elle n'est venue à l'auberge que pour approcher Cléo, et l'aubergiste est sans doute son complice. J'aurais dû me méfier beaucoup plus d'elle. Mais qu'ont-ils fait de notre Cléo ?

Au même moment, César s'apprête à quitter son camp en compagnie du tribun Plancus et d'une escorte, quand un cavalier franchit l'enceinte et vient s'arrêter devant sa tente.

— Je suis porteur d'un message de la reine, annonce l'homme après avoir salué son général.

César a un mouvement de la tête, lui enjoignant de parler.

— Les aubergistes demeurent introuvables.

— C'est tout ? fait César, attendant la suite. La maison est toujours debout ? Les tables et les lits ne se sont pas envolés ? Les portes sont accrochées à leurs montants ?... Alors il n'y a pas lieu de s'affoler. Je prêterai mon cuisinier à Cléopâtre si ses servantes ont besoin d'aide.

— La petite Cléo n'était plus dans sa chambre, ce matin, ajoute le cavalier.

— Ce qui aurait été étonnant, c'est qu'on l'y trouve encore à cette heure-ci. Regagne Condate et tranquillise la reine ! Je passerai la voir dès que j'aurai fini d'explorer l'île d'Ainay.

César monte en selle et prend la tête de sa petite troupe. Au confluent du Rhône et de la Saône, des bateliers les attendent devant deux grands radeaux.

César et ses légionnaires embarquent aussitôt. Les embarcations sont à mi-chemin de l'île quand un appel éclate derrière elles.

— César ! César !

César se retourne. Un homme à cheval lui fait des signes depuis la berge.

— Ce n'est pas l'un des nôtres, constate Plancus. Il a dû surgir de la forêt.

— Un message pour César ! crie l'inconnu en fichant dans le sol un épieu auquel est fixé un étui de cuir.

Puis il tourne bride et disparaît entre les arbres.

— Abordons l'île ! ordonne l'imperator. Qu'un soldat aille ensuite me chercher cette missive !

Peu après, le légionnaire remet l'étui à son général. César en extirpe une peau, qu'il parcourt des yeux. « Ta fille est notre prisonnière, lit-il. Elle ne te sera rendue que contre la libération de Vercingétorix. »

— Ils sont fous, ces Gaulois ! dit-il en jetant le message par-dessus son épaule. Je n'ai jamais eu de fille. Et il n'est pas question que je libère Vercin... ! Cléo ! Ils ont enlevé Cléo !

CHAPITRE 8

LE CHEMIN DES PERLES

Antinoüs et Iméni sont atterrés. Réunis dans la salle de l'auberge avec Cléopâtre, ils viennent d'apprendre la terrible nouvelle de la bouche de César.

— Mes hommes recherchent activement les fuyards, car il s'avère évident qu'ils sont les complices des ravisseurs, ou les ravisseurs eux-mêmes, comme c'est peut-être le cas de l'aubergiste.

— Sirona a-t-elle été enlevée, elle aussi, ou a-t-elle partie liée avec eux ? demande Cléopâtre.

— Elle pensait que Cléo était votre fille et celle de César, indique Antinoüs.

— Ce qui la range du côté des ravisseurs, conclut César. Mais qui a bien pu leur mettre en tête que la petite était ma fille ?

— Maintenant je sais ! s'écrie tout à coup Iméni.

Tous le regardent. Le gamin est si impressionné par ces paires d'yeux braqués sur lui qu'il en perd la voix.

— Eh bien, nous t'écoutons ! s'impatiente César.

— Tu te rappelles ce Gaulois barbu, à Massalia ? commence Iméni en prenant son ami à témoin. Celui que Fenk a mordu ! Cléo lui a fait croire qu'elle était une princesse, votre fille à tous les deux. C'était peut-être lui qui nous suivait le long du fleuve...

— Ce serait lui qui aurait organisé le coup, déduit César, poursuivant le raisonnement du garçon. Cela se tient. D'autant qu'il me semble bien que le porteur du message était barbu.

— Quelle décision vas-tu prendre, César ?

La question de Cléopâtre amène un silence tendu. Antinoüs et Iméni bloquent leur respiration.

— J'aime beaucoup Cléo, rappelle César d'une voix grave, mais je ne libérerai pas Vercingétorix : il rallumerait la guerre en Gaule.

Les épaules des garçons s'affaissent. C'est comme si les mots étaient des blocs de pierre qui leur tombaient dessus.

— Mes cavaliers fouillent tous les hameaux en clamant haut et fort que si la fillette ne nous est pas rapidement rendue, je ferai mettre Vercingétorix à mort dès mon retour à Rome.

Il arbore un sourire qui se veut rassurant.

— Ne vous inquiétez pas, mes paroles remonteront jusqu'aux ravisseurs. Ils n'auront pas d'autre choix que de relâcher votre amie.

— Et s'ils décidaient de la tuer ? lance Iméni, au bord des larmes.

— Vercingétorix prisonnier à vie équivaut à Vercingétorix mort, souligne la reine. Du moins pour ses partisans. Ils peuvent vouloir se venger.

César ne répond pas. Son silence est lourd, plombé sur des lèvres serrées. Chacun comprend que l'imperator ne reviendra pas sur sa décision. C'est l'instant que choisit Fenk pour entrer dans la salle en jouant avec une grosse perle qui vient rouler contre le pied d'Antinoüs. Comme le fennec se jette dans ses jambes, l'enfant se baisse, le repousse, et ramasse la perle.

— Tiens, elle provient du collier de Sirona, remarque-t-il. Le cordon a dû lâcher.

— Cela m'étonnerait, dit l'une des servantes de la reine en passant derrière lui. On aurait trouvé des perles partout.

César se lève.

— Vous serez plus en sécurité au camp de la légion. Rassemblez vos affaires ! Je vais envoyer un chariot pour les récupérer.

Comme Cléopâtre prend une mine contrariée, il précise :

— Dans trois jours, nous rentrons à Rome, tu n'auras pas à supporter longtemps l'ambiance militaire. D'ici là, Cléo sera de retour parmi nous, ajoute-t-il, confiant.

Les enfants montent à l'étage, font un baluchon de leurs vêtements, puis ils pénètrent dans la chambre de Cléo. Avec des gestes lents, comme s'ils hésitaient à toucher les objets de leur amie, ils commencent à ranger.

— Il y a une perle sur le lit, fait soudain observer Iméni.

La petite boule de pâte de verre trône sur le drap, en évidence.

— C'est étrange, réfléchit Antinoüs. On dirait qu'on l'a placée là exprès… Une ici, une en bas trouvée par Fenk… Et si ?…

Il ressort, dévale l'escalier, son compagnon sur les talons. Il traverse la salle, s'arrête sur le seuil de l'auberge et se met à examiner le sol.

— Là ! s'écrie-t-il. Il y en a une autre ! Quelqu'un l'a à moitié enfoncée dans la terre en marchant dessus !

— Sirona aurait laissé ces indices ? s'étonne Iméni.

— C'est Cléo ! rectifie Antinoüs. Je ne sais pas comment elle s'y est prise pour avoir le collier, mais c'est elle qui sème les perles derrière elle.

Les enfants préviennent aussitôt César qui s'apprêtait à quitter les lieux. L'homme demeure sceptique, supposant plutôt que les perles ont été perdues quand les deux fillettes jouaient ensemble.

Devant l'insistance des garçons, et ne voulant négliger aucune piste, il demande à deux de ses hommes d'aider Antinoüs et Iméni à retrouver les restes du collier. Tous quatre prennent alors une direction différente en marchant penchés en avant, les yeux au sol.

— Par ici ! les hèle bientôt le jeune Grec. Elles sont descendues vers la rivière.

Les trois autres le rejoignent. Antinoüs leur montre la nouvelle perle qu'il vient de découvrir sur le chemin menant à un ponton de débarcadère. Quelques barques de pêche y sont amarrées, ainsi qu'un bateau de commerce chargeant des tonneaux de sel et des plaques d'étain à destination de Massalia.

— Avec les nombreuses allées et venues qu'il y a ici, n'espérez pas découvrir une trace de leur passage, indique un soldat.

— Cléo est assez maligne pour avoir placé sa perle de façon qu'on puisse l'apercevoir, déclare Antinoüs. Ne cherchez plus par terre !

Les hommes et les enfants furètent un peu partout, s'attirant la curiosité des marchands et des

marins. Interrogés, ceux-ci soutiennent n'avoir vu aucune gamine. Un vieux pêcheur, cependant, se plaint du vol de sa petite barque.

— Là ! s'exclame un légionnaire en élevant quelque chose dans la lumière du soleil. Elle était coincée dans une fente de ce poteau.

C'est bien une perle du collier de Sirona.

— La piste s'arrête ici, déclare l'homme. Je pense que les filles sont effectivement montées dans la barque du vieux pêcheur.

— Ramer brise les bras, signale le deuxième. Elles n'ont pas dû aller bien loin.

Les regards se portent en amont, en aval, puis ils se posent sur la colline de Lugu-dunon.

— De là-haut, on peut surveiller notre camp, note un soldat. Et la forêt est assez épaisse pour cacher tout un groupe.

— Cléo et ses ravisseurs sont sûrement encore là, frémit Antinoüs.

— C'est possible, admet l'homme. Il faut avertir César.

Les mains derrière le dos, l'imperator marche de long en large sous sa tente.

— Cela ne te coûte rien d'essayer, l'engage Cléopâtre. Si les Gaulois sont là, tu les captures et tu délivres Cléo. S'il n'y a personne, tu auras fait faire une manœuvre à tes troupes.

— Soit ! consent César. La légion profitera de la nuit pour ceinturer la colline par l'arrière. Je donnerai l'ordre de l'attaque dès que mes hommes seront en place. Si les ravisseurs tentent de s'enfuir par la Saône, des soldats en barque les intercepteront sur l'eau. À présent, laissez-nous, dit-il aux enfants, j'ai besoin de régler les détails de l'opération avec mes officiers.

— Tu crois que le plan de César fonctionnera ? demande Iméni en marchant au hasard dans le camp.

— J'ai peur pour Cléo, répond son ami. Je crains qu'on ne l'utilise comme bouclier pour se protéger de l'assaut des Romains. Il faudrait la trouver avant l'attaque pour pouvoir la défendre.

— Des éclaireurs...

— Des éclaireurs assez petits pour se faufiler entre les branches.

Iméni pile net.

— Quoi ? tu veux dire que… ?

— Retournons à Condate sous le prétexte d'avoir oublié quelque chose à l'auberge. Nous nous cacherons dans le village jusqu'à la nuit, puis nous franchirons la rivière.

— Aïe, aïe, aïe ! Le dieu Lug va nous manger tout crus !

CHAPITRE 9

LUGU-DUNON

Assise contre le tronc d'un chêne, Cléo regarde monter la nuit. La forêt s'enténèbre autour d'elle. La fillette a les mains liées derrière le dos, et l'homme qui la garde est le barbu de Massalia. Sirona est un peu plus loin, en grande discussion avec un groupe de trois Gaulois. Elle se lève soudain et se dirige vers Cléo, une cruche d'eau et un morceau de viande salée à la main. Le barbu détache la prisonnière, mais il reste près d'elle pour l'empêcher de s'enfuir.

— Mange ! dit Sirona.

C'est la première fois que la jeune Gauloise revient parler à Cléo depuis son enlèvement, la nuit précédente.

— Je n'accepte rien des traîtres, refuse la fillette, bien qu'elle ait faim et soif.

— Nous ne sommes pas des traîtres, se rebiffe Sirona.

— Toi, sûrement !

La gamine s'accroupit à côté de Cléo.

— César est responsable de mes malheurs, annonce-t-elle. Si je n'ai plus mes parents, c'est à cause de lui.

— Je croyais que ton père était mort à la chasse, et ta mère à Condate, chez ton oncle.

— C'est vrai pour ma mère, mais mon père est prisonnier à Rome.

— Le seul prisonnier gaulois à Rome, c'est Vercingétorix !

— Justement, c'est lui mon père.

Cléo dévisage Sirona comme si elle la voyait pour la première fois. L'ombre la fait paraître grise, et ses cheveux blonds ont l'air d'être devenus bleus.

Cléo ne trouve plus rien à dire. Sirona reprend :

— Après sa défaite, à Alésia, de nombreuses tribus lui en ont voulu de les avoir entraînées dans la révolte contre les Romains. Ma mère et moi avons dû nous réfugier ici, chez mon oncle.

— Je devine la suite, continue Cléo. Quelques hommes sont restés fidèles à ta famille. C'est le cas du barbu, de l'aubergiste, et de ceux-là, termine-t-elle avec un mouvement de tête en direction des trois hommes qui mangent à l'écart.

— Oui. Quand j'ai appris que César arrivait, et surtout quand Alorix m'a annoncé qu'il logeait Cléopâtre et sa fille, nous avons préparé un plan pour t'enlever. Je n'ai rien contre toi, dit Sirona d'une voix douce. Je veux simplement t'échanger contre mon père.

— J'ai aussi une surprise pour toi, annonce Cléo en acceptant enfin la nourriture. Je ne suis pas la fille de César.

— C'est trop facile. Tu espères que je vais te libérer sur un beau mensonge ?

— Je ne mens pas. César ne te rendra jamais ton père… Alors qu'allez-vous faire de moi ?

— Ne la crois pas, intervient le barbu. Elle chante à qui veut l'entendre qu'elle est princesse, fille de Cléopâtre et de César, et personne ne la contredit.

— C'est une façon de m'amuser, avoue Cléo.

Une manière de rêver. Parce que je ne suis qu'une gamine des rues.

— Et une gamine des rues voyagerait en compagnie du maître de Rome et de la reine d'Égypte? gronde l'homme. Tu te moques de nous!

— Ce serait trop long à expliquer, souffle Cléo en ramenant ses jambes contre sa poitrine.

Elle pose son front sur ses genoux et pousse un soupir si profond qu'elle donne l'impression de se vider complètement.

Mêlée aux ombres de la nuit, une petite barque accoste la rive au pied du Lugu-dunon.

— Tu crois que le dieu va surgir d'entre les arbres? demande Iméni d'une voix tremblante.

— La nuit, les dieux, ils dorment, répond Antinoüs, mais le ton n'est pas très rassuré non plus. Et puis Lug représente la Lumière. S'il approche, nous le verrons forcément, ajoute-t-il.

Ils mettent pied à terre et tirent l'embarcation sous des arbustes. Antinoüs attache une corde fine au cou de son fennec.

— Allez Fenk, nous comptons sur toi pour retrouver la trace de Cléo.

Il lui fait sentir un vêtement de la fillette, qu'il a emporté, et incite la bête à chercher. Fenk hésite, hume le vent, part à droite, à gauche, revient sur ses pas et tourne en rond avant de flairer enfin la bonne piste, en direction du sommet de la colline.

La forêt est effrayante. Les arbres sont des gardiens terrifiants, dotés de multiples bras qui happent les garçons au passage. Le sol est truffé de pièges : racines traîtresses qui se jettent dans les

pieds, ronces perfides qui agrippent les habits et griffent les bras… Les bruits sont amplifiés, et les arbres craquent comme si les troncs grandissaient en faisant éclater leur robe d'écorce.

— Écoute, fait Iméni en retenant son ami d'avancer, quelque chose court devant nous.

Des froissements ! Des choses se déplacent, en effet. Bêtes ou esprits ? Fenk s'arrête plusieurs fois pour flairer autour de lui. Il se met soudain à tirer sur sa laisse : le parfum de Cléo est tout proche à présent.

Des voix tout à coup ! Trois voix d'hommes.

— Ils ne sont pas nombreux, murmure Iméni.

— Il y en a peut-être d'autres plus loin.

Des brindilles se rompent avec des claquements secs, sur leur droite. Les enfants se tapissent dans les fourrés, Antinoüs serre la gueule de Fenk dans sa main pour l'empêcher de glapir. Deux silhouettes apparaissent, une grande et une petite.

— Vous laissez la prisonnière seule ? s'étonne l'un des hommes.

— Nous l'avons attachée au gros chêne, répond une voix bourrue. Elle ne risque pas de se sauver.

— Cela me fait de la peine pour elle, se désole la deuxième, mais je n'avais vraiment pas d'autre moyen pour obtenir la délivrance de mon père.

— C'est Sirona, chuchote Antinoüs.

— Son père serait Vercingétorix ? s'étrangle Iméni.

— Cherchons le gros chêne. Et fais attention où tu marches !

Guidés par Fenk, ils ne sont pas longs à le découvrir dans une trouée de clarté lunaire. C'est un arbre immense, aussi vieux que les pyramides, qui se dresse fièrement dans la forêt.

Dos appuyé contre lui, Cléo est assise sur le sol, jambes tendues, les bras liés au tronc. Elle reconnaît le couinement de Fenk avant même de l'apercevoir. Les garçons surgissent, courent vers elle. Iméni fait le guet tandis qu'Antinoüs essaie d'entailler la corde avec une pierre tranchante.

— Comment as-tu eu l'idée de la piste de perles ? demande-t-il à voix basse.

— J'ai trouvé bizarre que Sirona ne veuille pas de vous pour nous accompagner. En pleine nuit, c'est quand même plus rassurant d'être à quatre plutôt qu'à deux. Alors j'ai défait le collier qu'elle m'avait donné, et voilà !

— C'était bien joué, convient une voix enfantine jaillie de l'ombre, mais cela n'aura servi à rien, sinon à nous offrir un deuxième prisonnier !

Sirona veut appeler ses hommes, mais deux mâchoires se referment sur sa cheville. Elle lâche un petit cri étouffé, puis une main se plaque sur sa bouche, par-derrière, et un bras la ceinture. La corde qui retient Cléo cède enfin. Iméni s'apprête à ficeler Sirona quand des lueurs de torches éclatent entre les arbres, resserrant un étau de feu vers le sommet de la colline. Presque aussitôt des tintements d'épées et des cris déchirent la nuit.

— César attaque, annonce Antinoüs. C'est fini pour toi, Sirona.

La fillette panique. La peur redouble ses forces, elle s'arrache des mains d'Iméni, mais sitôt libre, elle piétine, ne sachant où courir. Un élan la pousse vers ses compagnons, mais elle entend le barbu hurler :

— Fuis, petite !

— C'est trop tard, claironne Iméni. La colline est cernée. Et tout ça, grâce à nous !

Sirona s'effondre d'un coup. Prostrée contre le tronc, elle fond en larmes.

— Je voulais sauver mon père, et je vais finir en prison avec lui.

— Il te reste une dernière chance, indique Cléo. Échangeons nos vêtements, et redescends avec Antinoüs et Iméni ! Les soldats te prendront pour moi.

Sirona ouvre de grands yeux. Une bouffée d'espoir lui soulève la poitrine.

— Pourquoi fais-tu cela ?

— Je sais ce que c'est que de ne plus avoir ses parents. Si j'avais eu l'occasion de sauver mon père de la mort, et ma mère de la misère, je n'aurais reculé devant rien pour réussir. Dépêche-toi, les soldats vont arriver !

— Mais toi ?

— Je ne risque rien. Je vais me cacher pour vous donner le temps de vous éloigner. Je prétendrai ensuite que ce sont les ravisseurs qui m'ont obligée à endosser tes habits… Tournez-vous, les garçons !

— Pour moi, tu seras toujours une princesse, lui assure Sirona en venant l'embrasser.

Tête baissée, les cheveux et le visage noircis avec de la terre, la fillette se laisse conduire par les deux garçons. Un légionnaire se dresse soudain devant eux, leur arrachant un cri d'effroi.

— Vous avez trouvé la fille, remarque-t-il. C'est bien ! Mais j'ignorais que vous étiez de l'expédition.

— Nous sommes montés avec l'autre groupe, invente Iméni. Le centurion nous a demandé de ramener Cléo à Condate.

L'homme les laisse passer et continue sa progression vers le sommet, là où les bruits de lutte viennent de cesser.

Les enfants atteignent la rive, montent dans leur barque et la poussent dans le courant. Ils se font reconnaître des soldats établis sur la rivière, puis ils disparaissent dans les ombres bleues de la berge.

— Tu sais où aller ? demande Antinoüs à Sirona.

— Je vais rejoindre la famille de mon oncle, dans une grotte de la colline rousse. Quand la surveillance sur les routes se sera relâchée, nous irons nous établir dans un nouveau village.

Trois jours plus tard, le bateau qui emporte César, Cléopâtre et les enfants file sur les eaux du Rhône.

— J'ai fait libérer les quatre Gaulois, annonce César accoudé au bastingage avec la reine. Il faut parfois se montrer généreux dans la victoire si on ne veut pas que l'esprit de vengeance anime les peuples vaincus.

— Vas-tu aussi rendre sa liberté à Vercingétorix ?

— Cela, je ne le peux pas. Il réveillerait les démons de la guerre, or j'ai besoin de la paix pour mener mes projets en Gaule. C'est sur la colline du Lugu-dunon que j'ai choisi d'édifier la ville. Je l'appellerai Césarée.

— Pourquoi ne pas lui laisser son nom gaulois ?

— Lugu-dunon !... Lugudunum !... Lugdunum !... répète César en faisant chanter le mot. Après tout, pourquoi pas ? Les habitants auront ainsi l'impression d'être toujours sous le regard de leur dieu.

Debout à l'arrière du bateau, les trois enfants se grisent du vent qui leur fouette le visage.

— J'espère que cette histoire t'aura servi de leçon, dit Antinoüs à Cléo.

— Quelle leçon ? demande-t-elle avec innocence.

— Évite de te faire passer pour ce que tu n'es pas.

— Voyons, réfléchit-elle en comptant sur ses doigts : je ne suis pas bête, pas laide, pas empotée, pas peureuse, pas embêtante... Vous connaissez quelqu'un d'autre qui a aussi peu de défauts ?

— Non, répond Iméni, les yeux brillants. Tu es une véritable princesse.

« Et toi, un vrai âne ! » pense Antinoüs en levant les yeux au ciel.

L'AUTEUR

Bonjour, c'est moi Cléo, et je voudrais vous parler de mon papa... Alain Surget, il est fou d'Égypte ! Dès qu'il voit une pyramide, un temple ou l'image d'un Pharaon, il craque. Et il craque aussi pour les héroïnes ! Qu'elles soient simples voleuses ou princesses, elles sont pour lui comme des déesses. Ça me plaît bien de courir sur ses pages, de laisser mes empreintes sur ses mots et de l'entraîner derrière moi dans mes aventures... Parce qu'au fond il est comme moi, il adore voyager... mais lui, c'est dans sa tête !

L'ILLUSTRATEUR

Fabrice Parme est né près de Nancy. Après avoir suivi les cours de l'école Duperré et des Beaux-Arts d'Angoulême, il s'installe à Paris. Il travaille pour des magazines, la bande dessinée, la publicité et le dessin animé. En 1999, il signe la création graphique de la série télé *La Famille pirate*. Avec **LES ENFANTS DU NIL**, il s'attaque à un genre nouveau pour lui : l'illustration de romans pour la jeunesse.